I

DESCRIPTION

DE LA MAISON

DE

MONTORIENT

ET DE SES POINTS DE VUE,

Par le Sénateur VERNIER,

propriétaire

A LONS-LE-SAUNIER,

Chez M. DELHORME, Imprimeur de la Préfecture.

(Juin 1807.)

DESCRIPTION

DE LA MAISON

DE MONTORIENT

ET DE SES POINTS DE VUE,

Par le Sénateur VERNIER, *son propriétaire.*

AGRÉABLE solitude, séjour délicieux, que je ne quitte jamais qu'à regret et que je revois toujours avec un nouveau plaisir, ne me reproche pas d'avoir célébré de préférence d'autres campagnes, ne crains pas que ces enfans d'adoption passagère l'emportent sur celle que j'ai créée moi-même, dont l'emplacement est entièrement de mon choix, et qui étoit destinée à me servir de retraite dans le dernier âge de la vie.

Je n'ai fait qu'essayer mon pinceau, je sentois alors, comme aujourd'hui, toute la difficulté de bien rendre les beautés sans nombre dont tu es décorée, et qui deviennent plus piquantes par les contrastes frappans qui les entourent ; les fameux tableaux des Rubens, des Raphaël, à plus forte raison ceux de la grande et belle nature, sont au-dessus de toute description ; ainsi, tout ce que l'on peut espérer est de ne pas rester trop éloigné d'un but aussi difficile à atteindre.

Je vais donc le tenter, tandis qu'un Héros spécialement favorisé du Ciel, me fait jouir d'un doux loisir au prix de sa propre tranquillité, de son repos et des dangers sans cesse renaissans auxquels il s'expose, pour conquérir la paix et assurer le bonheur de l'Empire. La seule idée qui puisse me consoler, est que désormais sa gloire et le salut de la Patrie ne peuvent être compromis.

Cette habitation ne doit rien à l'art, elle tient tous ses agrémens, toute sa magnificence, de la nature. Que l'on ne s'attende donc pas qu'il soit ici question de parcs, de châteaux, de kiosques, de boulingrins, de bâtimens superbes, élégamment décorés, et moins encore de ces grandes terres, de ces possessions immenses, qui annoncent la richesse, le luxe et l'opulence ; il ne s'agit uniquement que d'une modeste habitation champêtre, assez vaste cependant pour y recevoir des amis ; la chapelle consacrée à l'Être-Suprême, est la partie la mieux ornée de l'édifice ; deux petits domaines exploités par deux métayers différens, forment ses dépendances, avec un vignoble peu étendu, mais dont les vins, en tous genres, peuvent être servis sur les tables les plus distinguées.

Ce qui anime et vivifie ce paysage, ce sont les troupeaux qui paissent et bondissent dans de fertiles paturages;

la brebis chérie, au retour des champs, vient souvent prendre dans la main le sel dont on la favorise. (1)

La maison connue sous le nom de *Montorient*, annonce, par sa dénomination même, sa position avantageuse; elle emprunte cette dénomination d'une ancienne tour, appelée Tour de Mont-Orient, qui, elle-même, la devoit à la localité, parce qu'en effet, elle servoit de fanal oriental à des pays immenses; on dira par la suite quelle étoit, dans l'origine, sa destination. Elle offroit un point si marquant qu'elle étoit figurée sur l'ancienne carte de la Franche-Comté.

C'est tout à côté de ce fanal que l'habitation se trouve placée, elle est en quelque sorte adossée contre le rocher sur la pointe duquel cette tour étoit assise.

(1) Le propriétaire, pour jouir des ressources que la campagne peut offrir, avoit réuni un fief en justice, qui, dans l'ancien régime, lui donnoit droit de chasse sur treize villages dépendant de la terre de Saint-Laurent.

L'entrée de la maison est au nord,
par une cour très-vaste, formant un
carré long et fermée de toutes parts;
un des fermiers occupe la partie orien-
tale, sans que le propriétaire en ressente
aucune incommodité; celui-ci jouit de
toute la partie occidentale, composée
d'un double appartement, dont l'un
prend jour sur la cour, et dont l'autre
donne issue, par trois portes vitrées,
sur une grande terrasse ombragée, dans
la moitié de son étendue, par des arbres
que le ciseau n'a point mutilés, qui
ont leurs graces et leur balancement
naturels; elle est terminée, au midi,
par un belvéder de plusieurs pièces.

Cette maison, quoique placée sur
une haute montagne, a des eaux en
quantité suffisante, des puits de sources,
des fontaines, des citernes, des abreu-
voirs.

Elle est construite de manière que,
dans l'hiver, on peut braver les frimâts
les plus rigoureux, et que, dans l'été,

on y jouit toujours d'une fraîcheur
délicieuse, en ménageant les courans
d'air.

Les bâtimens sont environnés d'un
petit bois, et de grands arbres dans
toutes les parties qui ne nuisent point
à la vue. N'oublions pas de dire qu'à
l'angle de ce petit bois est un pavillon
détaché, réservé à un compagnon de
solitude, et qui semble fait pour le
recueillement, la méditation et la
douce mélancolie. Nous aurons lieu de
parler plus en détail de son heureuse
position.

Ce n'est là dans son tout, et à vrai
dire qu'un hermitage entouré de bois, et
placé sur la pointe angulaire d'un rocher
très-élevé, ou, si l'on veut, c'est la petite
maison que *Ducis* a chanté, du moins
elle fait éprouver à son propriétaire les
mêmes émotions, les mêmes sentimens
qui ont inspiré ce poëte. (1)

(1) . . . .
Enfin, après deux ans d'absence,
Je viens, j'accours, je t'aperçois,

Cet hermitage est absolument isolé, mais il est environné de huit villages considérables. (1)

C'est de la terrasse, à l'occident de la maison, que s'opère le plus grand développement des différens paysages, des différens points de vue de cet ensemble magique, qui séduit et entraîne tous les amateurs du vrai beau.

O mon lit ! ô ma maisonnette !
Chers témoins de ma paix secrète :
C'est vous, vous voilà, je vous vois ;
Qu'avec plaisir je vous répète :
Il n'est point de petit chez soi !

(1) Ces huit villages, sur le rayon d'un seul quart de lieue, sont : Gevingey, Courbouson, le Grand et le Petit Messia, Macornay, Vaux, Moirons, Bornay et Geruge. C'est sur le territoire de cette dernière commune que la maison est bâtie ; j'aime à croire que les honnêtes habitans de ce lieu, dont j'eus toujours à me louer, m'accorderont quelques souvenirs, pour leur avoir constamment inspiré l'amour de la concorde, la soumission aux lois, l'éloignement des procès, et pour les avoir décidés, par mon exemple, à rétablir un vignoble précieux qu'ils sembloient abandonner, quoiqu'il ne fût propre qu'à ce genre de culture : j'ose dire que, depuis mon établissement, cette commune, pauvre autrefois, a totalement changé de face.

Pour découvrir les causes de l'espèce
de ravissement qu'ils éprouvent, il faut
se faire une idée claire et précise de la
position de cette maison, ou plutôt il
faut s'y transporter en imagination.

Une longue chaîne de montagnes,
que l'on peut regarder comme le premier
échelon bien sensible du Mont-Jura,
partage, du nord au midi, l'ancienne
province de Franche-Comté; cette
chaîne forme ici une espèce de demi
cercle alongé sur un espace de six à
sept lieues. Par une singularité frap-
pante, cette haute montagne, dans le
centre de sa convexité, se trouve,
pour ainsi dire, coupée et terminée;
car elle ne se rattache à la grande
chaîne que bien loin, à l'orient, par
plusieurs petits chaînons.

C'est sur la pointe et à l'extrémité
de cette coupure que la maison se trouve
placée, en sorte que, par sa position,
elle a, ce qui est très-rare, l'avantage
innapréciable de réunir trois aspects

différens, trois points de vue bien distincts, bien variés, l'un en face à l'occident, le second au nord, le troisième au midi.

Si cette maison n'avoit que le seul mérite d'être placée, comme beaucoup d'autres, sur le penchant de la grande montagne, elle jouiroit du seul aspect à l'occident, peut-être avec quelques agrémens de plus, à raison de son élévation et de sa plus grande proximité de la ville ; mais cet aspect seroit unique et ne présenteroit qu'une vue droite, tandis que, par sa position, dans le centre du demi cercle, et sur la pointe où la montagne se termine, elle jouit non-seulement de trois points de vue qui rivalisent entre eux de beautés, mais encore des accidens singuliers que présentent les différentes coupures : parlons d'abord de l'aspect occidental.

Placé sur la terrasse, au-devant et à l'occident de la maison, vous avez à côté de vous des jardins, des vergers; à vos pieds est un parterre dessiné en gason et en sables de différentes couleurs; au-dessous des jardins et du parterre commence la longue pente de la montagne, et comme les bases sont toujours proportionnées à l'élévation, il existe sur cette pente plusieurs plateaux ou terrasses naturelles, qui aboutissent insensiblement à la plaine, et tempèrent ce que l'élévation auroit de trop âpre et de trop effrayant.

Le premier objet qui vous frappe est une grande route très-fréquentée, celle qui conduit de Strasbourg à Lyon, par Besançon, Lons-le-Saunier et Bourg; cette route décrit une ligne droite sans aucune montée sensible; on la suit aisément sur une étendue de cinq à six lieues; en sorte que les troupes, les voitures, les équipages que l'on a aperçus le matin à l'une des extrémités, sont, au milieu du jour, vis-à-vis la maison, et le soir, à l'extrémité opposée,

ce qui forme une scène mouvante toujours variée, et imprime à ce vaste
tableau cette activité, ce mouvement
que les peintres en paysages savent
si bien saisir.

En portant plus loin la vue, une
scène majestueuse, imposante et sublime, telle que le grand architecte
seul a pu la former, s'offre à vos regards
étonnés; elle comporte onze à douze
lieues d'étendue sur une largeur à
peu près égale : ce vaste horison n'est
terminé que par les côtes de Bourgogne,
ce qui porte l'étonnement et l'admiration à son comble, et vous sort, pour
ainsi dire, de vous même, au point
que vous êtes obligé de vous recueillir
pour contempler à loisir tant de beautés
et tant de magnificence.

Cet immense pays est peuplé d'une
infinité d'habitations éparses, d'usines,
de métairies, de villages, de bourgs

et de châteaux : (1) vous voyez réuni sous un seul coup d'œil tout ce que la nature a de plus séduisant, de plus riche et de plus varié ; terres en labours, vignobles, prairies, ruisseaux, étangs, bois et forêts ; ajoutez-y de nombreux et différens troupeaux, relativement à la diversité et à la nature du sol, de la culture, et vous jugerez aisément de l'effet que doivent produire le concours et la réunion de tant d'objets, dont les différentes parties sont en harmonie et en rapport entr'elles pour former un tout, et vous donner une juste idée de la force, de la puissance, de la variété, de l'unité et de l'ordre rendus sensibles dans le grand.

(1) Dans ce vaste horison, l'on découvre une partie des départemens de la Côte-d'Or, de Saône-et-Loire, de l'Ain. L'œil s'arrête au sud-ouest sur une partie du département du Rhône, ce que l'on peut vérifier à vue de la carte générale.

Quant aux villages, les vues les plus foibles en distinguent 30 ou 40 ; les médiocres, 40 ou 60 ; les vues les plus étendues en comptent jusqu'à 120 environ. On ne parle pas de ceux que l'on peut découvrir avec le thélescope.

On ne sera pas surpris de ce luxe, de
cette magnificence de la nature, quand
on saura que les pays que l'on décrit
embrassent les fertiles plaines des anciens
Duché et Comté de Bourgogne.

Ceux qui ont vu les lieux conviendront
que nous ne pouvons rien exagérer,
nous laissons aux poëtes leurs agréables
fictions, c'est la nature vraie que nous
avons à peindre ; heureux si nous appro-
chons de cet inimitable modèle.

L'impression que fait un spectacle
si ravissant est telle, que l'on croit
voir la nature sortant des mains du
Créateur, avec toute sa fraîcheur, son
éclat et sa majesté ; cette impression
est si inévitable, qu'elle se renouvelle
pour peu qu'on s'arrête à considérer
cet étonnant ensemble et ce magnifique
tableau.

Cet aspect, à raison de son étendue, de sa variété, de son immensité,
pourroit faire soupçonner que la vue
se perd dans le lointain, mais elle

n'éprouve pas cette défectuosité ; le point éminent où la maison se trouve placée, est dans une telle proportion avec l'ensemble, que l'on peut distinguer parfaitement tous les objets ; il est seulement vrai qu'ils s'affoiblissent, et s'atténuent insensiblement en raison des distances. Les vues perdues sont celles où tous les traits s'effacent, où tous les objets se confondent, parce que l'aspect en est trop horisontal, tandis que celui-ci les domine, et permet de les saisir ou de les fixer à son gré.

Les tableaux fidelles que l'on vient de présenter sur l'aspect occidental, ne forment qu'une partie des agrémens de ce site privilégié ; si l'on porte ses regards au nord, la scène change totalement, on croiroit que la nature et l'art se sont réunis pour varier les décorations; ce n'est plus ici cette vue imposante qui étonne et déploye toute la grandeur et la magnificence dont l'ame est susceptible de recevoir les impressions :

celle-ci est gracieuse, riante, elle attire, séduit et captive tous les amateurs ; elle présente une multitude de paysages et de points d'optique si variés, que l'œil incertain ne sait où s'arrêter ; tantôt il parcourt l'ensemble et tantôt les détails; d'un enchantement, il passe à un autre, sans pouvoir distinguer par quelle sensation il a été le plus agréablement affecté.

Ces deux vues d'occident et de nord, quoique très-différentes entre elles, laissent presque toujours les spectateurs indécis sur le choix, et le plus souvent font naître, sur la préférence, d'agréables débats, qui, jusqu'ici, n'ont point été terminés.

Au nord, vous avez au-dessous de vous nombre de monticules, de petits coteaux, que l'on qualifieroit ailleurs de montagnes. Ces coteaux sont entourés et couronnés de vignes jusqu'à leur sommité ; leur pente est embellie par des maisons rustiques et champêtres ;

2

vous découvrez sur leurs cimes les
vestiges et les débris de l'ancienne féodalité, tels que les châteaux de Montaigu,
de Montmorot, l'Étoile, Piémont, le
Pin, Arlay et autres ; le plus voisin est
celui de Montaigu, avec son village
attenant, bâti sur la crête d'un rocher,
et que l'on découvre dans toute son
étendue. Plus loin, entre nord et orient,
l'on voit l'ancienne, la première église
de ces contrées, érigée sous le vocable
de Saint-Étienne de Coldre ; elle est
construite sur une montagne très-élevée
et entourée de grands arbres que l'on
croiroit aussi antiques que l'église.

Les vallons et les prairies dont ces
monticules et ces coteaux se trouvent
entrecoupés, sont parsemés d'habitations
et de villages qui annoncent l'aisance
et la prospérité. La plupart sont abreu-
vés par d'intarissables ruisseaux qui
découlent des montagnes.

Tous ces objets rapprochés semblent
se servir mutuellement d'ombre et de

lumière, et se prêter de divers agrémens ;
le point le plus éloigné, nord-ouest, à
huit lieues de distance, laisse apercé-
voir, dans les temps sereins, le clocher
de Dole, et plus loin, l'ancien couvent
des bénédictins de Montroland ; ainsi,
la scène varie pour peu que l'œil change
de direction.

Sous le même aspect, au nord, à
une petite lieue de distance, la ville
de Lons-le-Saunier offre la plus charmante perspective ; la montagne semble
avoir été coupée circulairement et en de-
mi-lune pour la découvrir à vos regards ;
tout semble se réunir pour produire ce
ravissement, ces douces extases dont
les effets sont mieux sentis que les
causes ne sont faciles à décrire.

L'aspect au midi a aussi des agrémens
qui lui sont propres, tellement que la
plupart des maisons de campagne où
l'on a recherché les plus beaux points
de vue, leur porteroient encore envie.

En suivant la direction méridionale de la montagne, on voit les villages de Gevingey, Cesancey, Saint-Agnès, Vincelles, Rotalier, Maynal, Beaufort, tous placés au tiers, à moitié ou au bas de sa pente, et à l'orient de la grande route.

Comme la montagne est ici plus élevée et que son cercle y est plus resserré, il arrive que, par la direction du soleil, elle est presque toujours ombragée, ce qui, avec les bois dont elle est peuplée, lui donne une teinte noire qui semble ménagée pour servir d'ombre au tableau, et faire sortir, avec plus de force, tous les objets qui décorent ces trois perspectives.

Tant de beautés en tous genres, tant de paysages et d'aspects divers, font aisément juger que l'emplacement de la maison de Montorient, n'a été déterminé que par l'avantage inappréciable de jouir d'un spectacle qui ne laisse rien à désirer aux amateurs de la

belle nature, qui sera toujours le type
du beau par excellence.

A la vérité, il manque un fleuve au
tableau de ce magnifique ensemble,
mais il est en quelque sorte suppléé
par la grande route de Lyon dont on
a parlé, et sur-tout par de nombreux
étangs qui réfléchissent les rayons du
soleil et semblent le reproduire en cent
endroits différens : si le fleuve existoit,
le site que l'on décrit n'auroit peut-être
pas un point de comparaison dans
l'Europe ; et qui sait encore si l'on ne
jouira pas bientôt d'un avantage équi-
valent, par l'ouverture du canal pro-
jeté, de Lons-le-Saunier à Louhans ?

Alors, il ne resteroit plus de vœux
à former à ceux même qui s'occupent
plutôt à calculer les biens dont ils sont
privés, qu'à apprécier ceux dont ils
peuvent jouir.

Mais abrégeons sur ces divers points
de vue ; car il en reste plusieurs autres
à décrire, qui ne peuvent, ni ne doivent
être oubliés.

En sortant de la cour et dirigeant vos pas au nord, vous entrez dans un pré de plusieurs hectares, figuré en berceau, et environné de peupliers, dont les tiges très-élevées paroissent se dérober à l'œil pour ne vous laisser voir que leurs flèches chevelues qui se balancent dans les airs : vous prendriez les sommités d'autres arbres, parfaitement arrondies, pour des ballons qui se perdent dans la nue.

Ce pré-montagne, incliné à l'horison, vous étonne d'abord par sa fécondité, et vous conduit, par une pente douce, à une fontaine enfermée sous une voûte assez vaste, ouverte au nord et en plein ceintre ; les eaux de cette fontaine sont retenues dans deux bassins en pierres taillées.

A droite et à gauche de cette fontaine, et à 50 pas seulement de distance, s'élèvent deux rochers de la structure la plus bizarre, et que la nature semble avoir formés par un caprice heureux ;

le petit espace qui est entre les rochers
et la fontaine est peuplé d'arbres de
toutes espèces et d'une verdure étince-
lante : ces rochers s'écartent insensiblement par leur coupe pour embrasser le
vallon, décrivent le fer à cheval et
vous invitent, ou plutôt vous forcent à
diriger votre vue sur la plus gracieuse
et la plus riante perspective.

Placé au-devant de la fontaine, vous
éprouvez aussitôt une émotion vive et
délicieuse, dont vous ne pouvez d'abord
vous rendre compte ; cette impression
est telle, que les hommes les moins
sensibles aux beautés de la nature,
s'écrient : ah ! voilà qui est ravissant !
Cette subite impression vous porte naturellement à en rechercher les causes,
et à parcourir les détails qui forment
cet ensemble enchanteur.

Au-dessous du fer à cheval est un
vallon très-resserré : du fond de ce
vallon, et du pied de la montagne de
MONTORIENT, sort une source abon-

dante et qui ne tarit jamais ; à son issue elle forme un ruisseau qui arrose des prés contigus ; un peu plus bas, fait jouer des usines, traverse ensuite, du midi au nord, le beau village de Courbouzon, et va se réunir, à son extrémité, à la rivière de Sorne, qui flue d'orient à occident, et met en mouvement de superbes moulins de plusieurs espèces.

Au-delà du petit vallon, le point de vue s'aggrandit, les châteaux de Courbouzon, de Montmorot, les villages de mêmes noms ; ceux de Messia, Courlans, etc., se montrent dans toute leur étendue, et semblent placés par le génie du goût pour embellir et décorer cette nouvelle perspective.

Entre ces villages, et dans des vallons plus spacieux, sont des prairies arrosées par la rivière dont on vient de parler ; cette rivière, dans son cours et dans ses nombreuses sinuosités, est bordée de saules et de peupliers qui forment des compartimens si variés, si multipliés,

que les jardins anglais n'offrent rien de
si frais, de plus piquant et de plus
pittoresque.

En face, vous avez la ville de Lons-
le-Saunier, que là coupure d'une montagne (comme on l'a observé) laisse
totalement à découvert.

Plus loin, dans la même direction,
s'élèvent, sur de petits coteaux, le
château du Pin, l'église de Montain,
entourée par de grands arbres. A votre
droite, le village de Montaigu, l'église
de Saint-Etienne, ferment votre horison;
à votre gauche, s'ouvrent de vastes
plaines formées par le courrant des
eaux, et parsemées, à leur entrée, de
petites monticules qui présentent différens points de vue; tel est, dans son
tout, ce ravissant tableau, qu'il semble
que l'imagination ne puisse rien feindre
en ce genre de plus gracieux; en sorte
que l'on peut dire que si le beau fixe
par lui-même l'admiration, on sent et
l'on éprouve ici que le joli et l'agréable
sont faits pour plaire et pour séduire.

Du pavillon, à l'angle du petit bois, vous dominez, au nord, cette charmante perspective, rien ne vous échappe, rien ne peut se dérober à votre vue ; par un contraste frappant, vous avez, au midi de ce pavillon, de grands arbres, dont l'ombrage, rendu plus sombre par le brillant horison dont vous êtes entouré, semble vous transporter dans une profonde solitude.

C'est ainsi que l'ame, à force d'émotions, s'abandonne aux plus douces jouissances, et fait oublier les maux et les ennuis de la vie.

Quelques beaux que soient les aspects que l'on vient de décrire, celui d'orient mérite d'occuper ici une place. Il a un genre qui lui est propre, et diffère totalement des autres.

Si vous vous portez sur le rocher derrière la maison, vous trouverez un très-beau plateau tapissé d'un gazon frais et élastique. Du milieu de ce plateau vous découvrez le plus vaste horison dans toute la circonférence du cercle ; ainsi vous réunissez les aspects des quatre points cardinaux : c'est de celui d'orient dont il s'agit en ce moment.

La vue, en se dirigeant directement, vous montre la nature dessinée à grands traits, mais plus âpre, plus sévère et plus sauvage ; on peut dire aussi plus imposante et plus majestueuse, car elle se prononce ici dans toute sa force et dans toute son énergie.

Près de vous sont plusieurs montagnes parallèles, dans une direction de midi au nord, toutes entrecoupées de vallons. A celles-ci en succèdent de nouvelles, puis d'autres, plus loin d'autres encore, qui, s'élevant par degré de distances en distances, semblent se perdre dans les nues, et n'offrir, dans leurs énormes masses, qu'une teinte sombre et bleuâtre qui porte dans l'ame une terreur religieuse.

A deux lieues vous avez en face le village de Saint-Maur, (I) placé sur la sommité d'un rocher déjà élevé d'un tiers de plus que celui de *Montorient*; au-delà, à trois et quatre lieues vous découvrez les châteaux de Beauregard, Binan, Saint-Sorlin et Joux, qui dominent sensiblement le village de Saint-Maur, quoique déjà si supérieur au point où vous êtes placé.

En rapprochant la vue, vous rencontrez dans la circonférence d'un demi cercle, et à peu près à votre niveau, l'église de Saint-Étienne, les villages de Brioz, Publy, Montaigu, Pannessières, Bornay, Geruge, qui, par leur population, semblent rivaliser avec ceux de la plaine.

Si, depuis le plateau, vous dirigez vos pas au midi, vous parcourez sur l'espace d'une lieue, et sans aucune montée, l'arrète d'un rocher, qui sépare

---

(I) Ce village a pris son nom d'un couvent de Bénédictins de cette congrégation.

la montagne du vignoble et de la plaine,
et vous offre quatre lieues d'aspect à
l'orient, et douze à l'occident; vous
jouissez du spectacle le plus rare, le
plus ravissant, et d'une promenade si
délicieuse qu'on la prolonge comme
involontairement.

A l'extrémité de cette arrête est
situé le village de Saint-Laurent, au
pied du château ou plutôt de la forteresse de ce nom. Cette forteresse étoit
bâtie sur la pointe la plus escarpée de
la grande montagne, ce qui la rendoit
inaccessible et imprenable du côté
d'occident; comme c'étoit ici une des
principales terres des princes de la
maison de Châlon, en Franche-Comté,
qui avoit dans sa mouvance quantité
d'autres fiefs et arrière fiefs, il falloit
nécessairement pourvoir à sa sureté des
trois autres côtés, orient, midi et nord;
on y étoit parvenu en obligeant tous
les vassaux à construire des châteaux,
des petits forts, des points de retraites

et de défense dans tous les lieux domi-
nans, dans tous les passages, dans
toutes les gorges ; c'est ce qui avoit
produit une multitude de châteaux dont
nous avons parlé, et tant d'autres
que nous avons laissé dans l'oubli ; ce
que l'on avance est si incontestable, que
tout homme qui connoît le régime
féodal et les localités, peut dire encore
aujourd'hui, sans même en voir les
vestiges : il a existé des châteaux forts
sur tels et tels points, et l'histoire du
pays, d'accord avec la raison et l'expé-
riance, confirment de semblables asser-
tions ; de manière qu'on voit se réaliser
ici, ce qu'a dit *Montesquieu* dans son
langage sublime et figuré : *la féodalité*
est un grand arbre, qui a sa tête dans
les cieux, ses racines aux enfers, et dont
les rameaux couvrent toute la terre.

D'après ce que l'on vient de dire,
on peut juger avec certitude de la destination primitive de la tour de *Monto-*
rient ; c'étoit un point de défense , un

avant-poste, un corps-de-garde avancé pour le château de Saint-Laurent, dont elle formoit une dépendance.

Elle étoit située, comme on l'a vu, à l'extrémité de la coupure de la grande montagne, et bâtie sur une pointe de rocher taillé à pic, et avoit à ses pieds d'affreux précipices, dont on ne peut approcher les bords sans un mouvement de frayeur ; elle étoit aussi entourée de remparts et de fossés, dans lesquels étoient renfermés un four et une citerne: cette citerne existe encore avec son ancien ciment, et conserve des eaux fraîches, limpides et salubres, qui serviroient au besoin de ressource pour l'habitation de *Montorient*.

L'on ne pouvoit donc approcher de la tour de *Montorient* que par la montagne, à l'extrémité, et au nord de laquelle elle étoit bâtie ; mais au midi, elle étoit elle-même protégée par le château de Saint-Laurent, et pour l'isoler absolument, on avoit taillé et coupé le roc vif; dès la coupure, on avoit encore ménagé un chemin couvert pour arrêter l'ennemi et favoriser la rentrée des troupes sorties du fort. La tour servoit aussi de fanal à une foule de châteaux placés tant à l'orient qu'à l'occident, qui transmettoient à d'autres les feux et les signaux. Par là, l'on peut juger des effets par les causes, et décider avec certitude, quelle a été, dans l'origine, la destination et l'utilité de ce poste militaire.

Ici se présentent à la méditation des observateurs des objets plus grands et plus dignes de leurs recherches: quelles causes ont pu occasionner dans cette localité les coupures tranchées et absolues de trois bancs ou de trois chaînons de la grande montagne? comment a été opérée cette scission, cette interruption dans la grande chaîne?

On pourroit abréger, et dire d'un seul mot, que la théorie du célèbre Buffon sur la formation de la terre (malgré les critiques qu'elle a essuyé) est ici démontré par les faits, *dans sa partie essentielle*, savoir : que les eaux de la mer ont couvert successivement notre globe.

Nous dirons, *dans sa partie essentielle*, parce qu'il est un point sur lequel nous nous permettrons de n'être pas d'accord avec ce grand naturaliste ; c'est celui où il prétend que les eaux de la mer ont couvert *même la sommité des montagnes les plus élevées*.

Sans doute les eaux de la mer ont pu couvrir successivement toute la terre, mais non pas les *cimes* des montagnes les plus élevées ; car il faut distinguer trois espèces de montagnes : les primitives ou du premier jet ; celles du second ordre, dont les unes sont encore du premier jet, et dont les autres ont été formées par le courant des mers, ou occupées et couvertes de ses eaux ; enfin celles du troisième ordre, produites par les volcans, par les feux

souterrains ou les grands bouleverse-
mens occasionnés par l'affaissement des
terres qui couvroient des excavations
souterraines.

Pour ne pas se méprendre, il faut
considérer que les montagnes du premier
ordre ont toujours formé la nervure et la
grande charpente de cette planette :
que les changemens survenus sur sa
surface n'ont point altéré essentielle-
ment sa formation primitive.

Cette opinion peut être déduite des
raisons mêmes de *Buffon*, lorsqu'il dit
que l'on ne peut douter que les eaux
de la mer n'aient séjourné sur la surface
de la terre que nous habitons ; et que,
par conséquent, cette même surface
et notre continent n'aient été pendant
quelque-temps le fond d'une mer, dans
laquelle, ajouté-t-il, tout se passoit
comme tout se passe actuellement dans
la mer d'aujourd'hui. (1)

_____

(1) Voyez page 114 de l'éd. in-12 de 1774, vol. Ler

Si, de son aveu, tout se passoit comme aujourd'hui, ne voit-on pas des montagnes, des rochers saillans au-dessus du niveau des eaux ? n'en trouve-t-on pas encore dans l'intérieur des mers, dont les unes résistent au mouvement et à l'agitation des flots de l'océan, à son flux et à son reflux, et dont les autres sont tantôt formées, tantôt détruites par les courans de l'intérieur ?

Ceux qui ont lu Buffon avec attention, ont sans doute remarqué ses impuissans efforts pour découvrir et supposer des coquillages sur les montagnes primitives, et pour trouver, jusque sur leurs cimes, des productions marines, déposées par les eaux, et transformées ensuite en marbres, en craies, en marnes ou autres matières étrangères à leur première composition, qui est ordinairement une roche très-dure, de la nature du jaspe et du quartz, et qui fait feu avec l'acier.

Les sommets, les pitons de ces montagnes primitives, ont toujours été au-dessus du niveau des eaux, comme ils y sont encore aujourd'hui. Leurs masses énormes ne sont pas l'ouvrage des volcans, ni des courans, ni des tempêtes; elles sont sorties de la main du Créateur.

L'élévation des grandes montagnes résiste au système de Buffon. Pour ne parler d'abord que de quelques-unes de celles de la France, rappelées dans les voyages de *Joseph Whit*, traduits par *Charles Pougens*, imprimés à Paris en 1795, le Mousset est élevé de 1253 toises au-dessus de la méditérannée; le Grand-Saint-Bernard, 1274; le Mont-Sérenné, 1283; le Mont-Cénis, 1460; le Pic-du-Midi, aux Pyrennées, 1442; le Mont-Blanc, 2213.

En amérique, on trouve des montagnes d'une plus haute élévation: le Saugay, a 2680 toises; l'Ilinika, 2717 t.; le Kotopacsi, 2950 t.; l'Antisana, 3020 t.; le Cayame-Béocorm, situé sous la ligne, 3030 t.; le Chimboraco, 3220 t.; et celles-ci ne ressemblent encore qu'à des collines, au regard des montagnes des *Cordilières* ou des *Andes.*

M. de la Condamine, dans son voyage à l'équateur, a mesuré leur élévation sur le niveau de la plaine où est bâtie la ville de Quito, dans le Pérou : il en est qui excèdent 4470 toises de perpendicule. Comment, on le demande, comment veut-on que des cimes aussi élevées aient été couvertes par les eaux? celles qu'elles laissent encore aujourd'hui à découvert démontrent cette impossibilité.

Ce que Buffon dit de plus satisfaisant, en se défiant de ses propres conjectures, est qu'on peut les écarter, sans préjudicier au fond de son système, ni au jugement que l'on doit porter sur les eaux qui ont couvert le globe, et qui, ensuite, ont fait des irruptions plus ou moins grandes, et produit des plaines plus ou moins vastes.

Nous sommes d'accord avec cet ingénieux et solide écrivain sur le parallélisme des montagnes, sur leurs directions suivies et correspondantes entre elles, malgré leurs irrégularités apparentes; sur leurs angles saillans et rentrans, sur les coquillages et corps marins que l'on découvre à la sommité ou dans l'intérieur des montagnes du second ordre; sur les couches parallèles et de même épaisseur, des différentes substances dont elles sont composées; sur les progrès de la mer d'orient en occident, et sur les changemens importans survenus dans notre globe; mais si l'on veut pénétrer plus loin, il est forcé de convenir lui-même que l'on n'aura que des conjectures hasardées.

C'est ici, c'est dans cette localité que l'on peut plus particulièrement, et avec plus de facilité, faire l'application des grandes vérités que son système renferme.

En se plaçant à la pointe de la coupure de l'une des trois montagnes, et sur-tout à l'extrémité, au nord de celle du milieu, on voit le parallélisme parfaitement observé : on touche pour ainsi dire au doigt les angles saillans et rentrans ; mais ce qu'il y a de plus étonnant, on remarque aisément que les eaux qui ont flué entre les montagnes parallèles, comme entre des canaux dont les bords étoient également élevés, ont fait ces coupures, ces intersections, en rompant leurs barrières et leurs digues. L'on observe, de plus, que les ouvertures ont été faites dans les parties les moins solides ; que celles qui ont opposé de la résistance sont formées de roc vif et de substances les plus dures : l'on voit aussi, avec étonnement, que ces eaux, dans leurs irruptions, et dans leurs premières chûtes, ont creusé des précipices plus ou moins grands, plus ou moins profonds, et toujours proportionnés à leur masse, à

leur élévation et à l'étendue des ouvertures qu'elles s'étoient frayées. On
distingue comment ces eaux, par leurs
propres efforts, et par les suites naturelles de leur chûte, ont rompu ou
entamé d'autres montagnes, et produit
par leurs flots, leurs agitations, leurs
bouillonnemens, de nombreux coteaux
voisins des lieux où s'est faite l'irruption,
où s'est passé cette scène orageuse,
jusqu'à ce qu'enfin ces mêmes eaux
s'étant ouvertes une ou plusieurs issues
suffisantes à leur écoulement, aient
produit des plaines, qui n'ont été fer-
mées et circonscrites que par d'autres
montagnes : voilà ce que nous montre
une observation constante, sur-tout dans
les montagnes les plus voisines des
plaines, et dans lesquelles l'on voit des
coupures, des sections aussi marquées
et aussi frappantes que dans la localité
que l'on décrit. Abandonnons donc les
chimères pour nous livrer à des réalités ;
contentons nous de contempler et d'ad-

mirer la grande et belle nature ; de la
suivre, dans sa marche, sans tenter
d'approfondir les secrets de la création.
Il est plus sage de dire :

L'univers m'embarasse, et je ne puis songer
Que cette horloge existe et n'ait point d'horloger.

Après avoir médité sur ces grands
objets, on est naturellement disposé
à chercher des distractions, et des
délassemens ; ce local en offre en tous
genres, avec des contrastes qui les
rendent plus piquans : ici, ce sont
des paysages enchanteurs ; là, d'affreux
précipices ; de ce côté, sont des terres
fertiles et cultivées ; de l'autre, des
rochers nus, escarpés, dont la sommité
est hérissée de pointes, de cônes, de
colonnes, diversement configurés et
projettés çà et là par la main du temps ;
ici, la nature est parée de tous ses
charmes ; là, elle est cachée sous un
voile sombre et mystérieux : si vous
vous promenez sur les bords et les circuits
de ces rochers, à chaque instant vous

changez de site et d'horison, vous ne pouvez faire un pas sans voir de nouveaux tableaux, de nouveaux spectacles; à vos pieds sont des vallons de différentes configurations; les uns vous offrent des vignobles ou de riantes prairies; les autres, de nombreux et magnifiques villages : du fond de ceux-ci coulent des ruisseaux, qui, descendant par cascades des rochers caverneux, font jouer nombre d'usines, et fertilisent les terres : si vous élevez la vue, vous voyez les troupeaux épars sur les sommités et sur les penchans des montagnes; plus loin, des monts entassés sur des monts, des vestiges épars d'habitation et de châteaux; d'un œil avide vous contemplez la nature dans toutes ses beautés, dans tous ses accidens, dans tous ses caprices apparens, et jusques dans ses sublimes erreurs.

Si vous êtes fatigué de vos courses, les sommités des montagnes vous offrent, à tous les instans, une ombre agréable

qui vous invite au repos, et qui, en
calmant les émotions successives que
vous venez d'éprouver, dispose l'ame
au recueillement, et élève la pensée
du sage vers le Grand-Être, qui, pour
embellir sa demeure, sema autour de
lui tant de merveilles !

De retour à la maison, vous éprouvez
de nouveaux plaisirs ; tel est sa singulière
position, que le moindre changement
dans l'atmosphère, vous fait éprouver
du matin au soir de nouvelles jouissances:
nous ne parlerons pas de celles qui
sont communes à toutes les habitations
champêtres ; il en est d'autres qui sont
particulières à celle-ci.

Dans tous les lieux élevés, on sent
mieux l'influence des vents frais et salu-
taires du matin et du soir, et c'est
sur-tout un des avantages de l'habitation
de Montorient placée sur la coupure
d'une montagne qui domine les vallons
et les plaines; la raison en est sensible,
l'air y est plus pur, plus élastique, que

s'il traversoit sans obstacle un espace
plus étendu ; il acquiert donc plus de
ressort, de rapidité, et se renouvelle
plus souvent ; telles les eaux resserrées
dans d'étroits canaux, s'échappent avec
plus de force et de vîtesse quand elles
trouvent plus de pente et d'espace à
parcourir en liberté.

Dans les temps sereins, à peine le
crépuscule du jour commence-t-il à
paroître que, dans l'heureuse position
où vous êtes placé, vous croiriez qu'une
main invisible écarte insensiblement le
voile qui couvroit toutes les beautés
de la nature ; bientôt l'orient se colore
d'un rouge vif, et le soleil radieux,
paroissant dans tout son éclat, vous
montre à découvert les mangnifiques
tableaux que les ombres de la nuit vous
déroboient ; vous êtes saisis d'admiration:
à ce premier sentiment succède celui
de la reconnoissance envers le Créateur
de l'univers ; vous éprouvez alors ce
saint enthousiasme qu'un de nos Poëtes

a rendu avec autant de vérité que
d'énergie :

> » Déjà l'astre du jour s'est emparé du Ciel,
> » Il lance par faisceaux ses rayons sur la Terre;
> » Et je découvre à sa lumière
> » Les prodiges sortis des mains de l'Éternel.

La nuit, oui, la nuit même, vous
apprête encore en ce lieu, des jouissances d'une autre nature.

De ce point éminent, l'horison est
si pur et si vaste, que dans les beaux
jours de chaque saison, la nuit y conserve un certain crépuscule qui surnage,
pour ainsi dire, l'obscurité des lieux
bas. La première impression qui vous
saisit, est que son voile officieux efface
toutes les inégalités, réunit les montagnes et les plaines, image vraie de
la tombe qui soumet tout à un seul
et même niveau.

C'est de Montorient, comme de tous
les points très-élevés, que, par une
heureuse illusion, vous vous croiriez
beaucoup plus près des astres que dans
la plaine; c'est en effet du haut des

monts, que le dôme du Ciel paroît
s'aggrandir. Ainsi que l'air qu'on y
respire, l'ame se sent dégagée des
vapeurs terrestres qui l'offusquent dans
les lieux bas, et l'œil satisfait, en
fixant le firmament, peut y parcourir
et contempler à son aise les feux innom-
brables dont sa voûte est parsemée.

La lune vient ensuite disputer aux
étoiles l'empire de la nuit ; ses rayons
brisés et tremblans dans le feuillage
des arbres doucement agités, jettent
dans l'ombre des traits intermittens de
lumière pour éclairer les pas où vous
marchez ; cette reine des nuits adoucit
et tempère nos regrets sur l'absence
du soleil, elle semble nous dire dans
son langage muet :

. . . .

» Mortels, consolez-vous, je vous rends sa lumière;
» Voyez, vous n'avez rien perdu,
» Pas le moindre rayon, la voilà toute entière.

Si l'ombre est plus épaisse, vous
voyez quantité de ces feux légers et
rapides sortis de l'atmosphère ou du

sein de la terre ; vous découvrez quelquefois, dans toute leur étendue, ces
aurores boréales, qui paroissent enflamer
une partie de notre globe, et que le
superstitieux vulgaire prend toujours
pour des présages sinistres.

En concentrant de plus près vos regards, vous voyez sur le gazon de la
montagne, ou sur celui qui borde la
terrasse, une multitude de ces phospho-
res animés, de ces insectes luisans qui
flattent agréablement la vue et dont
la lumière devient plus vive à
mesure que l'air est plus condensé par
la fraîcheur.

Quelquefois assis, ou plutôt noncha-
lamment couché sur la pente d'un
rocher, votre imagination vous présente des prestiges, de vains phantômes
enfans de l'obscurité ou d'une lumière
vacillante et incertaine ; mais désabusés
de ces illusions, vous vous livrez au
plaisir d'entendre le léger murmure
des vents qui règnent constamment

sur les hauteurs, et qui, agitant molle-
ment le feuillage, vous inspirent de
douces rêveries, et rappelle votre ame
à ces tendres souvenirs où l'homme
sensible aime à s'arrêter, pour y retrou-
ver les biens qu'il a perdus.

C'est dans ces jouissances, c'est dans
ces enchantemens que votre soirée se
prolonge, et vous êtes au comble de
la joie, si quelques amis les partagent.
La solitude et le silence de la nuit
provoquent les douces expansions de
l'ame, et déjà vous êtes bien avancé
dans sa carrière sans avoir songé au
repos : la réflexion seule vous y ramène;
vous le goûtez sans trouble, sans inquié-
tude, et si les songes fils aînés du sommeil
viennent voltiger près de vous, c'est
pour vous présenter des images aussi
riantes que celles qui vous ont affecté
la veille.

Les différens travaux de la campagne,
les différentes saisons vous offrent des
scènes variées à l'infini; dans le prin-

temps, la nature change totalement de face, tout se renouvelle à vos yeux, les arbres dépouillés de leurs feuillages se revêtissent d'un nouveau manteau de verdure, les plantes flétries par l'hiver reprennent leurs vives couleurs, les terres fraîchement ouvertes pour la culture des blés de mars et le premier labour des vignes, servent d'ombre à ce riant tableau ; vous cueillez à pleine main les fleurs champêtres dans les abris et les sinuosités des rochers ; la fleuraison des navettes vient offrir une nouvelle décoration, et rouvrir à l'espérance l'ame du cultivateur, en lui montrant sa première récolte.

Dans l'été, vous voyez un peuple nombreux, répandu dans d'immenses prairies, travailler avec autant de joie que d'activité pour mettre à couvert les foins, dont l'abondance est le premier gage de la prospérité de l'agriculture.

4

La récolte des grains s'annonce ensuite par la teinte dorée des épis
destinés à la nourriture de l'homme ;
lorsqu'elle se fait, vous voyez moins
de monde rassemblé dans un même
lieu, mais beaucoup plus de dispersé
çà et là, travaillant toujours avec la
même ardeur, la même activité, pour
dérober aux orages les blés, ce premier
trésor du riche et du pauvre.

A cette récolte succède celle des
vendanges ; les ouvriers descendent alors
en troupe des hautes montagnes pour
se rassasier de raisins, et faire goûter
de ce fruit délicieux aux enfans et aux
vieillards qui n'ont pu abandonner leurs
habitations.

Tous les coteaux dont nous avons
parlé, sont couverts de vendangeurs
dispersés de côté et d'autre, la joie
règne de toutes parts, les chants rustiques se font entendre au loin ; tout est
mouvement, tout est activité, les uns
coupent, les autres portent au cuvier,

ceux-ci broient, ceux-là voiturent, tous jouissent des fruits qu'ils cueillent, et par anticipation, des heureux effets de l'abondance.

Après toutes ces récoltes, et vers la fin de l'automne, lorsqu'on s'occupe du teillage des chanvres; on voit en cent endroits des feux allumés qui vous récréent, dans la nuit, et par eux-mêmes, et par l'idée du plaisir que goûtent les spectateurs et les acteurs des danses champêtres qui terminent ordinairement la soirée à l'époque du teillage.

Ces feux, ces danses, animées et soutenues par des airs rustiques et des chansons qui datent de plusieurs siècles.

Quelques-unes des scènes nombreuses que l'on a décrites peuvent avoir lieu en plusieurs endroits; mais il faut convenir que ce n'est que dans les lieux élevés, et dans une localité telle que celle-ci, que l'on peut jouir de leur réunion, de leur variété et de leur magnificence.

C'est sur-tout en automne, et au déclin du jour que les accidens et les phénomènes de la nature sont ici plus sensibles et plus remarquables : quelquefois un épais brouillard couvre depuis longtemps la plaine, et tient ses habitans plongés sous ses noires vapeurs, tandis que sur les montagnes l'on jouit avec délices des faveurs singulières de l'astre du jour. De la sommité où vous êtes placé, vous voyez à vos pieds de vastes mers, d'où s'élèvent, de loin en loin, des tours et des flèches de clochers, comme les mâts de vaisseaux se laissent apercevoir au loin dans le grand Océan, quoique les bâtimens soient encore cachés derrière l'horison de la rade où ils sont attendus.

Les brouillards, en se dissipant, vous offrent de nouveaux tableaux, de nouvelles jouissances qui deviennent plus précieuses par les privations que vous avez éprouvées.

D'autres spectacles, mais d'épouvante et d'horreur, sont ceux des temps de vent, de pluie, de tonnère, et de tempêtes. Les orages surviennent quelquefois sans être attendus ; mais le plus souvent on peut les prévoir dès la veille, et même plutôt, par le coucher du soleil. Les vents repoussés, répercutés par les rochers, deviennent plus furieux par la résistance ; le bruit du tonnère, prolongé par les échos, rend des sons plus effrayans et ses roulemens plus formidables. Vous voyez au loin d'affreux nuages vomir de toutes parts le feu et les éclairs ; mais bientôt ces mêmes nuages, portés sur l'aîle rapide des vents, viennent obscurcir votre horison : s'ils se heurtent contre la montagne, ils se rompent, se brisent, et s'ouvrant tout-à-coup, ils semblent vous menacer d'un nouveau déluge, ou de décharger sur vos têtes les foudres renfermés dans leur sein ; heureusement, ils sont le plus souvent écartés de cette position par le courant des airs, qui les entraînent dans les gorges voisines, où ils portent la terreur, l'épouvante et la désolation. Quelqu'affreux que soient ces spectacles, et malgré l'effroi qu'ils inspirent, on résiste rarement à la curiosité de voir, de contempler d'un œil observateur ces scènes imposantes, ces terribles combats des élémens qui semblent conjurés contre la terre et ses habitans. Ils rappellent l'homme au sentiment religieux de la puissance du Dieu qui commande aux tempêtes; il menace toujours comme le meilleur des pères; mais il peut détruire son ouvrage, lorsqu'on abuse de sa bonté.

Si ces spectacles sont effrayans et redoutables, le calme qui leur succède, la sérénité qui l'accompagne, vous les font bientôt oublier, et vous dédommagent amplement des émotions pénibles qu'ils vous ont fait éprouver; l'atmosphère purgée de toutes les vapeurs, de toutes les exhalaisons de la terre, vous fait respirer tout ce que l'air a de plus pur, rafraîchit votre ame, et porte dans vos sens le baume de la vie et le sentiment voluptueux de l'existence. Quels sacrifices ne feroit-on pas pour prolonger de tels instans ?

Les seuls que l'on puisse leur comparer sont ceux où l'on jouit de ces grands et magnifiques accidens de lumière qui accompagnent quelquefois le coucher du soleil. L'on dit quelquefois, car ces accidens sont rares, même dans les positions les plus favorables, telles que celle-ci.

Il n'appartient qu'à ceux qui n'ont jamais rien observé, de se persuader qu'un beau coucher de soleil est la suite nécessaire d'un beau jour: non, ils se trompent; il faut dire seulement qu'en se couchant sans nuages, il annonce un temps serein pour le lendemain; mais ce n'est pas là ce que les amateurs appellent un beau coucher de soleil: il ne peut avoir lieu, ni dans les jours absolument sereins, ni dans les jours trop nébuleux; il faut, pour l'attendre ou l'espérer, qu'il ne paroisse que quelques nuages à l'occident, assez opaques pour opposer une résistance quelconque à ses rayons, et assez transparens pour ne pas les dérober entièrement à notre vue.

Il faut, de plus, que l'on ait devant soi un vaste horison, qui ne soit point terminé par une montagne très-élevée: donnons à-présent quelques idées de ces beaux et magnifiques accidens de lumière dont nous entendons parler, que l'on qualifie de beaux couchers, et dont on jouit avec tant d'avantage dans cette localité.

Aujourd'hui c'est un char de lumière descendant avec pompe et majesté d'un ciel pur et serein, qui, en terminant sa course, ne rencontre que des nuages légers et aériens, qu'il absorbe bientôt par l'éclat de ses rayons, pour se plonger ensuite dans l'océan qu'il embrâse de ses feux.

Un autre jour, cet astre radieux pour signaler son passage dans un autre hémisphère, transforme en torrens de lumières toutes les vapeurs amoncelées à l'occident, semble nous menacer d'un embrâsement universel, et porte son impression sur les nuages les plus éloignés, sur la cime des monts sourcilleux, qu'il embellit des plus *riches* couleurs.

Quelquefois il lutte long-temps et avec effort contre les ombres épaisses qui le dérobent momentanément à notre vue ; ses ondulations rapides et successives, réfléchies par la résistance, s'échappent au loin en gerbes de feu, et rendent sensible la propagation de la lumière ; c'est alors qu'il offre les accidens, les spectacles les plus variés et les plus ravissans : il se multiplie, se reproduit au milieu des ténèbres, et se montre où il n'est point et souvent en plusieurs endroits à la fois.

Lorsqu'il ne peut écarter entièrement ces épais nuages, ou se faire jour dans leur centre, il les décore de toute sa magnificence, les entoure de franges dorées, de festons lumineux tracés en lames d'or ou d'argent ; ces rayons brisés de mille manières à travers ces masses suspendues, présentent tout ce que les feux les plus diversifiés et les mieux combinés peuvent réunir de plus éblouissant et de plus extraordinaire.

Ces tableaux, pris dans la nature même et tracés d'une main fidelle, ne peuvent être bien saisis que par les vrais amateurs de la campagne, et sur-tout par ceux qui ont habité des lieux élevés ; ils offrent plus de variétés et d'agrémens : on doit plaindre ceux qui méconnoissent de telles jouissances ; sont insensibles aux charmes de la belle nature et voient, sans être émus, les scènes ravissantes, les tableaux enchanteurs qu'elle nous offre à chaque instant ; ils font tarir pour eux la source la plus abondante de ces plaisirs purs qui se renouvellent sans cesse, et qui ne laissent après eux ni amertume, ni remords.

O vous tous que le goût ou le besoin du repos appellent à la campagne, choisissez des lieux où l'air soit pur, les eaux salubres, le peuple ami du travail et de l'ordre; choisissez des sites, des positions où l'on puisse jouir de ces perspectives agréables, de ces riants paysages qui exercent sur notre ame un si puissant empire; on ne peut concevoir jusqu'à quel point les êtres même insensibles influent sur notre existence et notre bonheur.

Que votre choix ne soit pas uniquement dirigé par l'intérêt; faites quelques sacrifices aux plaisirs et aux graces. Décidez - vous de préférence pour les lieux où la nature laisse peu de choses à faire à l'art, car il n'est près d'elle qu'un copiste froid et infidelle. N'oubliez jamais que pour habiter la campagne, il faut y être préparé comme si l'on devoit y vivre seul ; alors, les jours où vos amis viendront partager votre solitude , seront pour vous des jours de fêtes, de jouissance et de bonheur.

F I N.